Kelly Brown

Kaviar und Sekt Geschichten – Band 2

Kurze braun-gelbe Sexgeschichten

Alle Personen und Geschehnisse dieses Romans
sind frei erfunden. Ähnlichkeit mit lebenden
Personen und tatsächlichen Geschehnissen wären rein zufällig.

1. Auflage
Copyright © 2014 by Kelly Brown, Völklingen

Herstellung und Verlag:
BoD - Books on Demand, Norderstedt

ISBN: 978-3-7357-8120-8

Inhalt: Seite

I.   Herr Ternig

Hallo. Mein Name ist Kelly. Ich bin 35 Jahre alt und liebe es mit meinem Kaviar, dem Kaviar von anderen Frauen und fremden Männern zu spielen.

Das Erlebnis mit Herrn Ternig ereignete sich kurz nach meinem 18. Geburtstag. Ich hatte schon länger ein Auge auf den 3-fachen Familienvater geworfen. Leider hatte seine Frau, die Hausfrau war, immer ein Auge auf ihren Liebsten und es stetig verhindert, dass wir beide zusammen kommen konnten.

Aber auch eine Hausfrau muss mal aus ihrem trauten Heim heraus und mit den lieben Kinderchen zum Einkaufen fahren. Da sah ich meine Chance und ich nutzte sie.

Bevor ich jedoch mit der eigentlichen Geschichte anfange, möchte ich mich noch kurz beschreiben:

Ich bin 1,77m groß, wiege etwa 63 Kilo und habe BH-Größe 75c. Man sagt mir nach, dass ich einen recht anständigen Apfelpo hätte, der von meinen eher zierlichen Hüften stark hervorgehoben wird. Meine Augenfarbe ist braun und meine Haare trage ich zurzeit halblang in schwarz, meine eigentliche Farbe ich aber dunkelbraun. Je nach Schnitt trage ich Kleidergröße 36 – 38 und meine Schuhgröße ist 39.

Nun aber zur Geschichte:

Herr Ternig, Stephan Ternig, wohnte seit etwa zwei Jahren neben uns. Er ist etwa 40 Jahre alt, hat drei Kinder und ist seit über zehn Jahren mit einer wirklich üppigen Frau verheiratet. Er hat dunkle, kurze Haare, die sich um eine Halbglatze herum verteilen, und ansonsten einen normalen Körperbau, für einen Mann seines Alters. Nicht mehr ganz neu, aber in einem guten Allgemeinzustand.

Das erste Mal sah ich ihn, als er nachts um halb drei noch bei meinen Eltern war. Seine Frau war auch dabei. Ich kam gerade von einem Videospieleabend bei meiner besten Freundin Chantal. Ihr Vater Paul brachte mich nach Hause.
Als ich die Küche betreten hatte, in der alle saßen, konnte ich den gierigen Blick meines Nachbarn eindeutig wahrnehmen. Ich glaube,

er wollte auch, dass ich merke, wie toll er mich findet. Ich trug damals, es war Juli, eine knappe Hotpants mit einem Panty darunter, ein weißes Shirt mit einem hellen BH und Flip Flops. Ganz langsam ging ich an dem Mann vorbei und sah ihn dabei, mit meinen großen braunen Äuglein, lange und lächelnd an. Als ich dann hinter der Küche ins Wohnzimmer abbog, schüttelte ich noch einmal meine schwarzen Haare, die mir bis in den halben Rücken reichten, und verabschiedete mich für diese Nacht.

Für mich stand seit diesem Zeitpunkt fest, dass ich mit diesem Mann versauten Kaviarsex haben werde.

Geplant – getan.

Jeden zweiten Dienstag mäht Stephan den Rasen in seinem Garten. Also legte ich mich an diesem Tag, zu seiner Zeit, in den Garten. Ich trug nur das Unterteil eines weißen Bikinis, lag auf dem Bauch und ließ mir den Rücken bräunen.
Mein Nachbar fuhr die ganze Zeit mit seinem Rasenmäher am Zaun vorbei. Jetzt sollte es passieren. Meine Eltern kommen nicht vor 18

Uhr nach Hause und seine Familie schien zum Einkaufen gefahren zu sein. Es war nun etwa 16.30 Uhr. Jetzt oder nie. Aber wie!?

Zuvor hatte ich schon mal eine Flasche Mineralwasser getrunken und mir seit Sonntagmittag das große Geschäft verkniffen.

Ich überlegte kurz und entschied mich dann, das böse, genervte Mädchen zu geben, um ihn vielleicht etwas verlegen zu machen. Ich stand also auf, wickelte mir das Badetuch um meinen Körper und schritt wütend an den Gartenzaun.

„Müssen Sie jetzt so einen Krach machen, Herr Ternig?", motzte ich ihn an.

„Ich mähe doch nur den Rasen.", erwiderte er kleinlaut.

Mein Verhalten schien ihn zu verunsichern. Also blickte ich über den Zaun nach unten und entdeckte, dass er eine gewaltige Latte in seiner Sporthose mit sich trug. Scheinbar hatte er sich auch schon so seine Gedanken über mich gemacht.

„Haben Sie denn jetzt nichts Besseres zu tun? Ich würde gerne etwas ausspannen. Da stört mich ihre Bauernarbeit!", fauchte ich weiter.

Er wusste scheinbar nicht, wie er nun reagieren sollte. Ich allerdings wusste, dass es mich innerlich bald zerreißen wird, wenn ich meine Blase und meinen Darm nicht bald entleeren werde.

„Also!?"

„Was meinst du?"

„Ich will, dass Sie aufhören! Ich will mich entspannen!"

Nun stand er da. Ich konnte sehen, wie angespannt er war. Hoffentlich habe ich es jetzt nicht übertrieben, dachte ich noch so bei mir, doch dann wurde er erschreckend direkt:

„Wir könnten ja ficken!", kam es ihm selbstbewusst über die Lippen.

Wow, das war mir dann doch etwas zu direkt. Ich wollte es zwar auch unbedingt, aber so einfach kann man als Mädchen dann auch nicht zu haben sein.

„Haben Sie einen Knall, Herr Ternig!? Wissen Sie, wie alt Sie sind!? Außerdem haben Sie drei Kinder und ich bin gerade mal 18!"

Das schien ihn aber auch nicht mehr zu stören. Er hatte es ausgesprochen, also musste er es jetzt wohl bis zum Ende durchziehen.

„Ach komm, Kelly! Ich habe dich doch mit dem älteren Kerl gesehen! Ich weiß doch, dass du auf ältere Herren stehst, und dass es dir gefällt, wenn sie dich so richtig durchrammeln!

Außerdem ist es doch ein toller Extrakick, wenn ein Kerl für dich seine Ehe riskiert, du versaute, geile Tussi!"

Das war jetzt mal eine Ansage. Wow, machte mich dieser Kerl so geil. Ich glaube er wusste genau, dass ich ihn wollte. Dass es sich bei dem älteren Mann, um den Vater meiner Freundin Chantal handelte, ließ ich dann einfach mal unerwähnt. Ich wollte ihn ja schließlich nicht nochmal verschrecken. Trotzdem schaute ich ihn noch eine Weile mit bösem Blick an. Ich wollte wissen, ob er wirklich so stark war, wie er nun gerade tat. Ich blickte noch einmal kurz auf seine Hose. Hierbei konnte ich erkennen, dass seine Nudel anfing, schlaffer zu werden, also:

„Okay, Herr Ternig! Sie dürfen mich ficken! Aber nur einmal – und ich sage es Ihnen gleich: Ich mag`s versaut! Sehr versaut! Wir machen es im Werkzeugkeller meines Vaters!", erklärte ich.

Ich wollte es schon immer mal auf der Werkbank meines Vaters treiben.

Allerdings reagierte er nicht. Er sah mich bloß an.

„Was iss jetzt!? Net nur reden! Machen!"

„Versaut!?“, kam es ihm etwas verwirrt über die Lippen.

Ich griff mir seine Hand und führte ihn zur kleinen Gartentür, die es zwischen den beiden Grundstücken gab, und dann gingen wir über die Terrasse ins Haus.

Als wir im Wohnzimmer ankamen, zog ich mir das Badetuch aus und nahm es in meine rechte Hand.

Dann gingen wir zügig in den Keller. An der Werkbank meines Vaters angekommen, legte ich das Tuch darauf, zog mein Bikiniunterteil aus und war nun völlig nackt. Einen Moment lang ließ ich ihn meinen geilen Körper genießen und ich konnte förmlich spüren, wie er jeden Zentimeter meines Bodys abscannte.

Dann hüpfte ich mit einem gekonnten Sprung auf die Werkbank meines Vaters, legte einen Arm um seinen Hals und zog ihn an mich heran. Dann küssten wir uns. Direkt mit Zunge. Ich spürte sofort eine gewisse Wärme zwischen meinen Beinen aufkommen und feucht war ich auch schon. Dann fiel mir seine schlaffe Nudel wieder ein.

„Kommt er von alleine, oder soll ich etwas nachhelfen?“, fragte ich.

Wir sahen beide zu seiner Hose herunter und mussten feststellten, dass nichts zu erkennen war. Ich sah ihm kurz in die Augen, er sammelte sich und forderte dann von mir:

„Ich will, dass du mich bläst, kleine Göre!"

Kleine Göre! Ha, da war jetzt aber jemand stark geworden, dachte ich so bei mir, aber es war mir so lieber, als wenn er sein Softy gewesen wäre. Ich mag`s, wenn Kerle sich stark und männlich geben.

Ich hüpfte wieder von der Bank herab und zog ihm seine knappe Sporthose aus. Ich warf sie links neben uns auf den Boden und schnappte mir seine, trotz Schlaffheit, recht ansehnliche Nudel, zog seine Vorhaut etwas zurück und begann damit, ihn mit meiner Zunge wieder in Form zu bringen.

Er packte mich derweil am Hinterkopf und bewegte meinen Mund immer tiefer gegen seinen Schwanz. Und der wuchs. Er wuchs und wuchs mit jeder Bewegung, mit jedem Saugen und jedem Spielen meiner Zunge mit seinem Schweif, wurde er wieder die stolze Stange, die er eben im Garten noch war. Ich war erstaunt, wie schnell der Schwanz wieder zu einer harten Stange wurde. Dann fing ich an, den Schweif mit einer Hand zu wichsen, da ich Angst hatte, dass er mich zum Erbrechen bringen würde. Das Teil war gut und gerne 20 Zentimeter groß. Freudig lächelnd sah ich zu ihm auf und er streichelte mir mit einem Finger über meine linke Wange, während ich seinen Freund nun endlich einsatzbereit dastehen hatte.

„So einen Großen hatte ich noch nicht in mir, Herr Ternig.", bemerkte ich motivierend.

Ich hoffte ihn mit dieser Aussage dazu zu bringen, dass er sich extra viel Mühe geben würde, sodass mein erster Kaviarfick auf der Werkbank meines Vaters ein unvergessliches Erlebnis für mich werden würde.

So stand ich wieder auf und hockte mich auf die Bank. Ich lehnte mich zurück, winkelte meine Beine an, sodass er sich am Anblick meiner feuchten Grotte ergötzen konnte.

Sofort kniete er sich auf den Boden und öffnete meine Schamlippen, damit er mich mit seiner Zunge verwöhnen konnte. Schnell spürte ich kleine Blitze in mir aufkommen und meine Erregung stieg rapide an. Ebenso der Druck in meiner Blase und meinem Darm. Erst begann ich nur etwas zu stöhnen, damit er mehr Sicherheit bekommen sollte, aber schon bald konnte ich nicht mehr anders, als meine Lust laut herauszulassen. Er war wirklich gut. Einer der Besten, die ich bisher hatte. Seine Zunge war stark aber gleichzeitig auch zärtlich. Er wusste genau, wo er hin musste, um mich zu stimulieren. Dann nahm er noch einen Finger hinzu und begann ihn leicht in mir zu bewegen und zu drehen. Als ich zwischendurch immer mal wieder meine Augen kurz öffnete, konnte ich erkennen, wie er sich an meinem Anblick erfreute. Mein junger Körper schien ihn verrückt zu machen. Jede Sekunde schenkte er meinem nassen Paradies. Dann wollte ich ihn endlich in mir spüren. Ich werde auch meinen Blasen- und Darminhalt nicht mehr lange in mir halten können.

„Ficken Sie mich jetzt, Herr Ternig! Ficken Sie mich endlich. Ficken Sie mich auf der Werkbank meines Vaters!", flehte ich in einem geilen Ton.

Er wichste sich daraufhin seinen Schwanz noch einmal zurecht, nahm seinen Finger aus mir heraus und dann ließ er seine dicke Eichel in mich hinein gleiten.

Dabei packte er mich mit seinen Händen an den Schultern und schaute mir tief in die Augen.

Mit jedem Stoß drang er tiefer und tiefer in meine enge Grotte ein. Ich genoss es. Oh ja, und wie. Ich konnte nicht aufhören, ihn anzusehen. Was für ein schönes Gefühl, einen altgedienten Familienvater dazu zu bringen, alles zu riskieren, damit er mich auf der Bank meines Vater ficken darf. Aber auch ihm schien es sehr zu gefallen. Mit jedem Stoß wurde er schneller, atmete schwerer und stöhnte lustvoller.

Mit jeder seiner Bewegungen zuckte ich etwas zusammen, weil sein Schwanz so groß war: „Herr Ternig, oh ja, Herr Ternig, Sie machen es mir sooo toll. Ich will mehr! Tiefer, oh ja. Besorgen Sie`s mir. Sie sind ein geiler Hengst - MEIN geiler Hengst.", feuerte ich ihn an und meinte es auch so.

Was für eine geile Situation. Immer wieder schob er mir sein Rohr in meine enge Höhle der Lust, die nun auszulaufen begann. Immer intensiver musste ich stöhnen und keuchen.

Dann wollte er die Stellung wechseln. Er japste mir entgegen, dass er jetzt mal eine Zeit lang meinen süßen, kleinen Arsch sehen wollte. Ich folgte seinem Wunsch und stieg von der Werkbank meines Vaters herab und beugte mich über dieselbe. Ich spreizte meine Beine und als dies nicht ausreichte, damit er in mich reinkommen konnte, legte ich meinen rechten Schenkel auf die Werkbank und so konnte er wieder in mich eindringen, indem er mich an meinem Po noch etwas anhob. Mit einem Arm umfasste er meinen Oberkörper und packte mir an eine meiner Brüste. Mit dem anderen Arm hielt er meinen rechten Pobacken fest, grapschte hinein und bewegte meinen Körper damit auf seinem Schwanz hin und her. Ich wurde immer feuchter und nun begann mir etwas der Saft aus der Möse zu laufen. Als er dies mitbekam, stöhnte er noch lauter auf. Er hielt mich fest auf seinem Amigo und fast war es so, als würde er ihn, wie den Kolben einer Maschine, in dem dafür vorgesehenen Lauf gleiten lassen. Gut geölt – so, als müsste es genauso sein, als wäre sein Schwanz genau für meine junge Fotze gemacht worden. Und als ich den riesigen Kolben in mir spürte, war ich schon fast an meinem ersten Höhepunkt angelangt. Den wollte ich aber nicht erleben, ohne vorher meinen Darm entleert zu haben. Da er ein Kondom trug, wie es sich für einen Familienvater gehört, wenn er fremd vögelt, bat ich ihn langsam in meinen Po einzudringen.

„Du geile, junge Sau!", entgegnete er und fuhr fort: „Kommen jetzt die Ferkeleien ins Spiel?"

„Genau, mein geiler Hengst! Ich war seit Sonntag kein großes Geschäft mehr erledigen!"

„Dann komm, du junge Sau! Ich knie mich hinter dich und weite dein schönes, enges Arschloch mit einem Finger, damit du es mir dann ins Gesicht drücken kannst."

Gesagt – getan.

Genauso hatte ich es mir vorgestellt. Stephan kniete sich also hinter meinen Po, drückte meine Pobacken auseinander und führte mir einen Finger in die dunkle Höhle ein.
Erst ließ ich ihn sich etwas in mir bewegen, dann fing ich an zu drücken. Gierig lechzte er danach, meinen dunkelbraunen Kaviar in Empfang nehmen zu dürfen. Ich drehte mich um und konnte erkennen, dass er mit seinem Gesicht ganz nah an mein Hinterteil heran kam, und so ließ ich eine weiche Wurst, ihren Weg in die Freiheit finden. Ich spürte den Widerstand, als die dunkle Stange gegen seinen Finger stieß. Dann nahm er diesen immer wieder aus meinem Poloch heraus und verrieb, was sich darauf befand, abwechselnd in seinem Gesicht und auf meinen Pobacken. Als er dann genug verrieben hatte und ich mehr drücken sollte,

ging er mit seinem Mund unmittelbar an meinen Ausgang heran und ließ mich ihm dort hinein kacken. Immer mehr meiner fluffigen, herben Masse drang in seinen Mund ein, bis dieser gefüllt war. Danach hielt er seine Hand unter mich, sodass sich der Rest meines feinen Kaviars dort sammeln konnte. Dann kündigte ich ihm an, dass ich pinkeln muss. Erst kamen nur ein paar Tropfen, aber dann wurde ein harter Strahl daraus, unter den er nun den Inhalt seiner Hand hielt, um diesen schließlich auf meinem Po und meinem Rücken zu verreiben. Es machte mich so geil, den Geruch und die Wärme meines Kaviars auf meiner Haut zu spüren. Immer noch hatte er seinen Mund gefüllt. Während ich weiter unter mich pinkelte, hielt er seinen Kopf dahin, wo der edle Natursekt aus mir heraustrat. Er stöhnte hierbei lustvoll und ohne, dass ich berührt wurde, spürte ich, wie ich von Sekunde zu Sekunde geiler wurde. Was für ein tolles Erlebnis.

Als meine Quelle dann langsam versiegte, kam er wieder unter mir hervor und verrieb den Rest der braunen Masse auf meinem Rücken und Po. Beides war nun völlig verfärbt.

Dann drehte ich mich zu ihm um und hielt meine Hand unter seinen Mund, damit er dessen Inhalt herausfallen lassen konnte.

Ich fing es auf und begann damit, es ihm über dem haarlosen Oberkörper zu verreiben und auf seinen Pobacken zu verteilen, an denen ich ihn fest packte. Dabei wurde er so erregt, dass er mir wilde Kaviarzungenküsse gab, die ich ebenso genoss, wie die Gesamtsituation.

Nachdem auch sein Körper mit meinem Kaviar bemalt war, nahm ich den Rest der braunen Masse und verfärbte damit meine Brüste in ein schönes braun. Sofort, als dies geschehen war, beugte er sich vor und spielte mit seiner Zunge an meinen Nippeln.

Dann packte ihn erneut die Geilheit. Er wollte mich jetzt unbedingt in meinen verschissenen Arsch ficken, sagte er vulgär und ich ließ ihn gewähren. Ich drehte mich also wieder um und während er mich hart in meinen Po vögelte, mich fest bei den Hüften packte und so seine Oberschenkel immer wieder gegen meine verschissenen Backen klatschten, spielte ich an meinen braunen Titten herum, knetete sie und nahm immer mal wieder einen meiner Finger in den Mund und lutschte ihn sauber.

Immer schneller und heftiger fickte mich mein Nachbar und ich begann damit, mir den Kitzler zu reiben, damit es mir schneller kommen konnte, als ihm. Dies gelang mir auch. Bereits zwei, drei Minuten, nachdem ich anfing mich zu reizen, hatte ich einen heftigen und langen Orgasmus erlebt, den ich eben so heftig und laut aus mir herausbrüllte. Er schien gar nicht mehr enden zu wollen. Immer wieder kamen neue Wellen der Freude in mir hoch. Ich begann zu schwitzen, zu keuchen und zu schnaufen. Dabei packte mich mein Stecher bei den Brüsten, damit er noch stärker und tiefer in mich eindringen konnte. Noch nie zuvor hatte ich eine solche Welle von Höhepunkten erlebt und noch nie zuvor hatte mich ein Schwanz so gut befriedigt, wie dieser.

Und bevor sich dieser nun über mir ergießen sollte, stieg ich von ihm herab, setzte mich wieder auf meinen verschmierten Po, winkelte meine Beine an und ließ den großen Hengst, mit dem langen Rohr, in mein feuchtes Paradies eindringen, damit er mich nun von vorne stoßen konnte. Da er eben schon ankündigte, dass er bald abspritzen müsste, dauerte es auch nicht mehr lange, bis Stephan seinen Höhepunkt erlebte und mir seinen dickflüssigen, heißen Samen in meinen gierig darauf wartenden Mund spendete. Er zog seinen langen Kumpel kurz vorm Spritzen aus mir heraus, packte mich bei den Haaren und wichste mir seine Sahne in meine Gesichtsöffnung. Dabei schrie er fast schon vor Lust und er spendete mir mehr, als jeder andere Kerl zuvor. Und ebenso, wie ich, kam auch bei ihm nicht nur eine Welle, sondern mehrere. Sieben, acht Schwalle von Samen drückte er mir gegen meinen Kopf und in meinen Mund, bevor er nichts mehr zu geben hatte. Als es soweit war, griff ich mir seinen Schwanz und lutschte ihn, bis er wieder zu einer schlaffen Nudel wurde, mit der ich nichts mehr anfangen konnte. Nachdem es soweit war, lehnte ich mich etwas zurück und präsentierte ihm meinen braun-weiß versauten Körper, denn seinen Lustsaft ließ ich langsam aus meinem Mund, über mein Kinn hinunter zu meinen Titten und meiner feuchten Spalte laufen.

Da musste er grinsen. Ich erkundigte mich, was denn los sei und er erwiderte mir, dass er mich jetzt vollpissen würde. Er möchte mir seinen warmen Sekt ins Gesicht und die Titten laufen lassen. Ich entgegnete seinem Grinsen, ebenfalls mit einem Lächeln und fragte ihn schelmig, worauf er denn noch warten würde.

So kam sein gelber Natursekt alsbald aus seiner immer noch recht ansehnlich großen Nudel heraus. Erst ein klein wenig, dann aber wurde es ein richtig harter Strahl, welcher mir ziemlich stark ins Gesicht und auf die Brüste prasselte. Hierbei wurde nun der Kaviar an meinem Busen wieder weicher und während er immer noch pinkelte, verrieb ich ihn erneut und hielt ihm drei meiner Finger entgegen, die er mir genussvoll sauber leckte.

Und da der Mann scheinbar nur aus Herz, Schwanz und Blase zu bestehen schien, drehte ich mich danach noch einmal um, reckte ihm meinen Po entgegen und so wurde der Kaviar auf meinem Rücken und unterhalb davon auch noch mal aufgeweicht. Kurz bevor sein Spender dann endgültig leer war, ließ er noch etwas von seinem warmen Sekt an mein Polöchlein und meine Spalte laufen.

Danach drehte ich mich erneut zu ihm um, er trat ganz nah an mich heran und wir küssten uns, verrieben uns gegenseitig die braune Kaviar-Sekt-Mischung auf unseren Körpern, spielten noch eine Weile damit und dann gingen wir zum Duschen in den ersten Stock.

Danach trennten sich unsere Wege wieder, bevor unsere Lieben zu Hause ankamen, aber nicht, bevor wir uns versprachen, dass wir solche Spiele nun öfter miteinander treiben würden ... .

Die folgende Geschichte ereignete sich, als ich 28 Jahre alt war und mit meiner sehr guten Freundin Caroline zusammen gewohnt habe. Wir teilten uns damals eine kleine 3-Zimmer-Wohnung in Berlin. Wir kannten uns seit unserer Schulzeit und hatten schon immer ein besonders nahes Verhältnis zueinander. Wir waren eigentlich unzertrennlich. Jedoch ging meine Freundin während eines Semesters nach Finnland und so wurde ich des öfteren von ihrer Lebensabschnittsgefährtin Svenja besucht. Neben vielen Dingen, die uns unterscheiden, verband uns besonders die Vorliebe für Kaviar und Natursektspiele sowie meine Vorliebe für Damen mit großen Brüsten. Svenja hatte BH-Größe 90h.

Sie ist etwas größer als ich, wiegt etwa 110 Kilo, hat blond gefärbte, lange Haare und blaue Augen.

Es geschah an einem Samstagabend, dass wir sehr angeheitert in meinem Bett landeten und davon möchte ich euch nun erzählen:

Da ich auch mit Caroline schon das eine oder andere Mal Natursekt- und Kaviarspiele praktiziert hatte, wenn uns danach war, und Svenja sich nicht in der Nähe befand, denn sie ist Pharmazievertreterin von Beruf, besitze ich eine Inkontinenzmatte und eine spezielle Decke für solche Spiele. Wir haben uns ein paar Duftkerzen auf das Nachtschränkchen gestellt, damit es nicht allzu sehr in der Wohnung zu duften beginnt und zwei, drei Flaschen Sekt dazu gestellt.

Zuvor hatten wir einen Italiener, eine Eisdiele und unsere Stammkneipe besucht, damit unsere Bäuchlein, vor allem ihrer, richtig schön gefüllt waren.

Dann setzten wir uns nackt nebeneinander in eine Betthälfte, nahmen uns in den Arm und genossen einen schönen Horrorfilm, während wir unsere Sektflachen leerten, damit unsere Blasen anständig gefüllt waren.

Kurz vor dem Ende des Movies, begann Svenja, mich zärtlich am Hals und aufwärts, zu küssen. Ich griff mir eine ihrer großen Brüste und spielte damit. Erst wurde sie etwas gestreichelt, dann nahm ich den Nippel in den Mund und begann an ihm zu saugen. Manchmal knabberte ich auch etwas daran, was bei Svenja zur Folge hatte, dass sie ihre glasigen Augen schloss und leicht zu Stöhnen anfing, was in intensiveren

Küssen, letztlich auch in Zungenküssen, endete. Wir umarmten uns und begannen im Bett herumzurollen. Mal war sie oben, dann wieder ich.

Svenja hatte sich Tags zuvor ein neues Spielzeug schicken lassen, womit sie Caroline überraschen wollte, da diese aber gerade nicht da war, wollte sie es mit mir austesten. Es war ein 28cm großer und 5cm dicker Strapon. Als ich diesen Lümmel sah, bekam ich sofort leuchtende Augen. Noch nie hatte ich so einen großen Plastikpenis gesehen. So dauerte es noch keine Minute, bis ich mich ordentlich mit Gleitcreme eingeschmiert hatte, nachdem sie sich das Ding um ihren Unterleib schnallte, es ebenfalls eincremte und ich in der Hündchenstellung, brav meinen Unterleib in Richtung der gut bestückten Partnerin reckte.

Erst fasste sie mir zaghaft an die Hüften und drang dabei vorsichtig in mich ein. Was für ein geiles Gefühl. Dann begann sie mich langsam zu stoßen. Jede Bewegung machte mich geiler. Jedes Zucken meinerseits erwiderte Svenja mit einem stärkeren Stoß, sodass es nicht lange dauerte, bis sie mich richtig fest bei den Hüften packte und mich ordentlich rammelte. Immer schneller wurde sie, immer heftiger wurde das

Gefühl gleich zu explodieren. Ich begann zu schreien vor Lust und meine Freundin verlangte immer mehr von ihrem „geilen Hündchen". Immer lauter sollte ich meine Lust hinausschreien. Als sie dann noch anfing mir über meinen Rücken zu kratzen, konnte ich mich nicht länger beherrschen.

Es kam mir so schnell und so heftig wie in den letzten zehn Jahren noch nicht.

Schweißgebadet und eigentlich schon fertig mit den Kräften schob ich den großen Spielkameraden aus mir heraus, drehte mich auf den Rücken und zog Svenja an ihren Haaren zu mir herunter. Wir küssten uns leidenschaftlich und öffneten erst mal die vierte Flasche Sekt, da wir beide großen Durst hatten. Mein Unterleib tat mir schon etwas weh, weshalb ich nun an der Reihe sein wollte, Svenja zu verwöhnen. Sie legte sich ihrerseits vor mich, winkelte ihre Beine an und ich begann damit, sie zu lecken.

Mal reizte ich ihren Kitzler und mal ließ ich meine Zunge über ihre Schamlippen gleiten. Den Strapon hatte sie bisher noch nicht ausgezogen.

Als ich ihn ihr abnehmen wollte und das Gummiband, welches dem Gerät zwischen ihren Beinen halt bot, beiseite schieben wollte, fragte sie mich, ob ich denn immer noch Durst hätte, und ob ich vielleicht etwas warmen Sekt serviert bekommen möchte!?

Ich grinste und stimmte dem zu. Selbstverständlich wollte ich ihren Sekt empfangen. Am besten direkt von der Quelle.

Gesagt – getan.

So schob ich das kleine Gummiband zur Seite und ging mit meinem Mund ganz nah an Svenja heran.

Dann begann es. Erst kamen ein paar kleine Tröpfchen, dann wurde es etwas mehr und schließlich kam ein kräftiger Strahl, den ich gar nicht schlucken konnte, weil er mit soviel Druck aus meiner Partnerin heraus schoss. Also hob ich ihren Unterleib etwas an, ließ sie mir auf die Brüste pinkeln und zu guter Letzt bewegte ich sie so, dass sie sich selbst die Titten einnässte. Als ich währenddessen spürte, wie ihr gelber Sekt an mir herunterfloss, wurde ich sofort wieder geil, und als ich sie dann in ihrer eigen Lache liegen sah, gab es kein halten mehr für mich. Das innere Feuer meiner Lenden war wieder entfacht. Und so wollte ich nun etwas machen, was ich schon tausend Mal in diversen

Pornofilmen gesehen habe, mich aber nie traute zu realisieren.

Ich setzte mich über den Strapon, den ich vorher nochmal richtig an ihr befestigt hatte, schmierte ihn erneut mit Gleitcreme ein und ließ in sanft in mein Poloch eindringen. Ganz langsam ließ ich meinen Anus mit dem Plastikschwanz Bekanntschaft schließen, bevor ich ihn dann heftiger zu reiten begann.

„Ich will ihn vollscheißen!", hauchte ich Svenja kurz darauf entgegen.

„Tu es!", forderte sie erregt.

Dann fing ich an zu drücken. Immer wieder presste ich meinen Darminhalt gegen den künstlichen Schweif und damit es mehr aus mir heraus schaffte, ließ ich ihn auch mal ganz aus mir herausgleiten. So berührten Teile meiner dunkelbraunen, nicht allzu festen Wurst die Spitze des Spielzeuges, was sich dann bei dem folgenden Ritt völlig braun färbte und sich nun auch leichter benutzen ließ.

War das ein geiles Gefühl, zu wissen, dass ich von einem verschissenen Schwanz, welcher der Partnerin meiner besten Freundin gehörte, gefickt wurde.

Während ich mich mit dem großen Freudenspender amüsierte, spielte Svenja mit meinen Brüsten und insbesondere mit meinen Nippeln. Sie streichelte sie und zog sie lang. Diese kleinen Schmerzstöße machten mich nur noch geiler. Abwechselnd hierzu fasste sie mir auch an meinen Po und half mir, mich zu bewegen. Mit ihren langen Fingernägeln grapschte sie in meine Backen und machte mir kleine Striemen.

Als ich immer noch mehr Kaviar aus mir herauspressen wollte, der Strapon aber völlig eingesaut war, stieg ich von ihm herab und drehte meinen Po zum Gesicht meiner Gespielin. Mit einer Hand packte ich mir den Schwanz und begann ihn tief zu blasen, während ich meiner Partnerin meinen guten Kaviar ins Gesicht drückte. Gierig nahm Svenja ihn auf, schluckte ihn teilweise und verrieb ihn über meinem Po, den Oberschenkeln und dem Rücken.

Als ich die Wärme spürte, begann ich erneut feucht zu werden, wollte aber nicht schon wieder poppen. Jetzt sollte Svenja so langsam mal zu ihrem Spaß kommen.

So zog ich ihr den Strapon aus, machte ihn mir zurecht und nahm sie von vorne, wie ein Kerl, mit nach oben angewinkelten Beinen. Meinen Oberkörper legte ich zwischen ihre dicken

Oberschenkel und mit meinem Mund züngelte ich mit ihr.

Als ich die braune Plastikstange in sie einführte, verdrehte sie ihre glasigen Augen und packte mich fest am Po, damit ich noch tiefer in sie eindringen konnte. Sie stöhnte lustvoll und ich genoss den Geschmack meines Kaviars in ihrem Atem, leckte ihr die Lippen etwas sauber und ließ die braune Masse in meinem Mund zu einem feuchten Klumpen werden, den wir uns beim Küssen immer wieder hin und her schickten.

Immer schneller rammelte ich sie. Immer heftiger wurden Svenjas Reaktionen und ich spürte, dass sie ihrem Höhepunkt näher kam, was ich aber noch nicht wollte.

So ließ ich den Schwanz aus ihr herausgleiten und bat sie, sich umzudrehen, sodass ich sie von hinten nehmen konnte.

Gesagt – getan.

Svenja drehte sich um und ich drang erneut in ihr feuchtes Paradies ein. Auch ich packte sie kräftig an ihren üppigen Hüften und sie begann, wie eine alte Dampflok zu schnaufen, als es ihr so langsam kam. Immer wieder griff sie sich dabei an ihre Brüste und zog und zerrte an ihren Nippeln, um ihre Lust noch mehr zu steigern, bevor sie dann wirklich zu ihrem ersten Höhepunkt an diesem Abend kam. Sie grunzte, schnaufte, stöhnte und schrie sich in den siebten Himmel und ihre Bewegungen wurden so stark, dass ich es beinahe nicht mehr geschafft hätte, den Strapon in ihrem Körper zu lassen, aber letztendlich packte ich sie doch noch und sie konnte ihren Orgasmus in Gänze erleben.

Kurz, nachdem sie es hinter sich gebracht hatte, sank sie erschöpft nieder. Sie drehte sich um und ich legte mich auf sie. Ihr Herz schlug, wie ich es noch nie erlebt hatte, der Schweiß stand ihr nicht nur auf der Stirn, sondern lief bächeweise an ihr herunter. Überall wo er hinkam, verflüssigte er den Kaviar an ihr und der Geruch desselben stieg mir in die Nase.

Ich hatte immer noch nicht genug. Ich wollte mehr – und ich sollte es bekommen.

Aber zuerst einmal tranken wir noch eine Flasche Sekt leer, während wir uns zärtlich liebkosten, über die Brüste streichelten und etwas mit unseren Nippeln spielten.

Da ich den Strapon immer noch trug, zog Svenja ihn mir jetzt aus und wir legten ihn beiseite. Meine Gespielin setzte sich auf meinen Bauch und ich hörte, wie sie zu Drücken begann. Zuerst entwischen ihr nur ein paar leise Pübse, dann öffnete sich ihr Poloch und heraus trat eine gewaltige, fluffige, hellbraune Wurst, die sich gut dreißig Zentimeter lang über meinen Bauch schlängelte.

Meine Spenderin war richtig stolz, als sie erblickte, was sie da auf die Welt gebracht hatte. Ich richtete meinen Oberkörper etwas auf, als Svenja mir ein Stück ihrer Wurst abbrach, und ließ dieses auf zwei Fingern in meinen Mund wandern.

Der Kaviar schmeckte sehr herb, war noch ganz warm und erfreute meinen Gaumen aufs Höchste. Genüsslich kaute ich es zu einem feinen Brei, während Caros Freundin anfing, mir den Bauch einzuschmieren und auch sich selbst nochmal ein wenig davon zu gönnen, um ihre Brüste damit noch brauner zu streichen, als sie ohnehin schon waren.

Dann kam sie wieder etwas näher und wir küssten uns. Erneut ließen wir den Brei in unserem Mund hin und her wandern. Erneut genossen wir den feinen Kaviar und spielten uns dabei an den Brüsten herum.

So ging das jetzt eine ganze Weile hin und her. Wir küssten uns, verrieben die braune Masse aufeinander, und als wir schließlich einfach nur noch glücklich übereinander lagen, total braun, herb riechend und völlig erschöpft, spürte ich einen starken Druck auf meiner Blase.

Ich machte Svenja den Vorschlag, dass sie sich erneut auf den Rücken legen und ihre Beine Spreizen sollte. Dann würde ich mich über ihren Unterleib stellen und sie ordentlich mit Sekt begießen, wovon sie sofort begeistert war.

Also tat ich es.

Ich stellte mich vor sie, und da es das erste Mal an diesem Abend war, dass ich mir den Druck von der Blase nahm, kam sofort ein kräftiger, gelber Strahl, der auf das braune, feuchte Paradies meiner Partnerin klatschte, den Kaviar fast schon direkt abwusch, und als ich meinen Sekt dann langsam über ihren Bauch, hinauf zu den großen Brüsten meiner Gespielin, bis hin zu ihrem Mund, laufen ließ, beugte sie sich gierig vor und nahm alles auf, was sie bekommen konnte. Zum Teil ließ sie es an ihrem Kinn hinunterlaufen, zum Teil spuckte sie es aber auch auf mich zurück, sodass wir beide wieder recht schnell völlig durchnässt waren, und sich unter Svenja ein kleiner See aus Sekt bildete.

Als meine Quelle kurz vorm Versiegen war, hockte ich mich auf ihren Mund, woraufhin sie mich nicht nur aussaugte, sondern auch damit begann, mich zu züngeln und sie es mir somit noch ein weiteres Mal kommen ließ.

Ich saß auf ihrem Gesicht und krallte mich mit meinen versauten Händen an unserer dicken Tapete über dem Bett fest. Dass ich das Wandpapier hinterher auswechseln würden müsste, war mir in dem Moment egal. Ich hätte nie gedacht, dass die Anwesenheit eines Schwanzes, wenn auch nur aus Plastik, in unserem Schlafzimmer, eine solche Wirkung haben würde, aber es war so. Erneut kam es mir recht heftig und schnell. Erneut war ich schweißgebadet und meine Lustschmerzen im unteren Bereich waren noch etwas heftiger, aber es war mir egal. Diese Nacht war die Beste meines bisherigen Lebens.

Als ich nun wieder etwas zu Atem kam, ließ ich mich an Svenja heruntergleiten, bis wir Brust auf Brust und Mund auf Mund übereinanderlagen. Wir fanden uns wieder, inmitten eines nassen Sektmeeres, feuchten Körpern, die feinherb dufteten, und küssten uns noch eine ganze Weile, bis wir dann irgendwann erschöpft einschliefen ... .

III.   Der Freier

Während meines Studiums in Berlin, machte ich es mir zunutze, dass ich mich in einer Stadt aufhielt, in der mich niemand kannte. So konnte ich während dieser Zeit, neben meinem Toilettenfetish, auch meine Fantasie ausleben, eine Kaviarnutte für fremde, ältere Herren zu sein. Einer meiner liebsten Kunden zur damaligen Zeit war Herbert. Herbert war 48 Jahre alt, also genau doppelt so alt wie ich. Er war 1,88 m groß, hatte schon angegraute Haare, deren ursprüngliche Farbe „dunkelschwarz" war, und wog etwa 85 sportliche Kilos.
Meine Kunden lernte ich über diverse Chats, gewerbliche Internetprofile oder auch durch Mundpropaganda kennen.
Weiterhin bereitete es mir sehr viel Freude mich für diese Treffen sehr aufreizend zu kleiden.
Ich trug schon mal ein schönes, sehr figurbetonendes, schwarzes Kleidchen, welches mein Dekoltee offen präsentierte, meinen Beinchen sehr schmeichelte und meinen Po im rechten Licht erscheinen ließ. Dazu trug ich

dann entweder meine schwarze Lederstiefel oder einfache, schwarze Pumps unter halterlosen Strümpfen, die zumeist transparent schwarz waren.

Herbert buchte mich so zwei oder drei Mal im Monat. Wir trafen uns immer im selben Hotel, zumeist sogar im selben Zimmer. Er wollte ganz bewusst das Bild entstehen lassen, dass er mich bezahlt, weshalb ich mich für ihn immer besonders auffällig und „nuttig" kleiden sollte, was für den älteren Herrn bedeutete, dass ich das schwarze Kleidchen, die schwarzen Lederstiefel und ein stark „überschminktes" Gesicht zu tragen hatte, wenn wir uns gegen 19 Uhr vor dem Hotel trafen. Dann passierte auch immer wieder dasselbe. Er gab mir einen Wangenkuss, wie es sich gehört, ohne Berührung und dann betraten wir die Vorhalle des Hotels. Er ging zur Rezeption, bestellt das übliche Zimmer für sich und seine junge Nutte, woraufhin ich vor ihm hin, zum Zimmer im ersten Stock, zu gehen hatte. Auf dem Weg dorthin grapschte er schon ordentlich an meinem Arsch herum und griff mir auch schon mal unter das Kleidchen.

Was mir an diesem, seinem Verhalten, besonders gut abging, war, dass er es so öffentlich machte. Ich weiß nicht, wie er seine Brötchen verdiente, aber bis zu dreimal im Monat 350 Euro für mich zu zahlen und sich so auffällig zu verhalten, das sprach entweder für einen völlig durchgeknallten Psychopathen oder einen Kerl, der wusste, was er wollte, was er tat und der es auch bekam.

Wie dem auch sei. Er zahlte und er bekam von der jungen Göre, wofür er die junge Göre entlohnte.

Junge Göre deshalb, weil er wollte, dass ich bei ihm eine war. Nicht seine, sondern einfach nur eine notgeile, junge Göre, die sich diese Treffen antut, um ihre unbefriedigten Triebe zu besänftigen.

Ich fragte ihn nie warum oder wo da nun genau der Kick für ihn lag. Das ging mich ja auch nichts an.

Nachdem wir im Hotelzimmer ankamen, war es zumeist so, dass er eine mitgebrachte Decke auf das Doppelbett legte, welche er in einem kleinen Koffer aufbewahrte. Meine Aufgabe war es, die im Zimmer vorhandene Bettwäsche unter das Fußende des Bettes zu legen und es mir dann auf dem Bett gemütlich zu machen.

Mein Freier trug scheinbar immer denselben, hellgrauen Anzug, darunter ein weißes Hemd mit einer blaugrauen Krawatte, hellgraue Strümpfe und schwarze Lederschuhe. Seine Haare waren kurz und angegraut. Sein Köperbau war muskulös – nahezu athletisch und seine gesamte körperliche Erscheinung ist sehr, sehr gepflegt. Sein erigierter Penis ist etwa vier Zentimeter dick und etwas länger als der Durchschnitt.

Unser Spiel begann zumeist so, dass ich mich angezogen, in erwartungsvoller Körperhaltung, auf das Bett legte und er sich dann zu mir auf die Kante setzte, mein Gesicht langsam zu sich zog und mir dann erst mal einen sehr zurückhaltenden Kuss auf die Lippen gab, der sich mit jeder Wiederholung immer mehr intensivierte und dann in einem leidenschaftlichen Spiel der Zungen mündete.

Dann begann das, wofür er bezahlt hatte:

> „Du machst mich so an, junge Göre! Allein schon, wenn ich deinen geilen Körper in diesem engen Kleid sehe, platzt mir die Hose.“
>
> „Dann solltest du sie ausziehen, bevor das gute Stück noch kaputt geht.“

„Das musst du mir nicht zweimal sagen, du geile Göre."

„Dann mach! Ich warte schon den ganzen Tag darauf, dass du es mir endlich besorgst. Wir müssen uns eh etwas beeilen, weil ich in einer Stunde bei meinen Eltern sein muss. Sie wollen, dass ich die Kinder heute vorm Abendessen abhole, weil sie in einem Restaurant reserviert haben."

„Das ist mir scheißegal, du junge Göre! Wenn du frühreif, wie du nun mal bist, meinst, schon Kinder haben zu müssen, ist mir das völlig wurscht. Ich nehme mir die Zeit, die ich brauche, um es dir so richtig geil zu besorgen und mir das zu nehmen, wofür ich dich bezahle, hast du das verstanden!?", bemerkte er streng, während er seine Schuhe und seine Hose auszog.

„Ich weiß, mein geiler Stecher! Du gibst den Ton und die Geschwindigkeit an. Ich bin deine Lustsklavin, die sich dir willenlos hingibt und dir das gibt, was du dringend brauchst – egal wie lange es dauert."

„So ist es richtig, junge Göre! Genauso will ich das von dir haben.", antwortete er mir und nahm auf mir Platz.

Er saß nun mit gespreizten, nach hinten abgewinkelten Beinen auf meinen Unterschenkeln und griff mit beiden Händen an meine Knie. Dann packte er an den unteren Bund meines Kleidchens und ließ es langsam nach oben gleiten, bis er erkannte, dass ich kein Höschen trug und frisch rasiert war.

„Zieh dich bitte vollständig aus und blas mir meinen geilen Schwanz, junge, geile Göre!"

Ich gehorchte, zog mein Kleidchen aus und beugte mich zum kleinen Kumpel meines Freiers. Sofort begann dieser laut zu stöhnen, packte meinen Hinterkopf, zog an meinen Haaren und bewegte meinen Kopf hin und her. Mit jeder Bewegung spürte ich, wie er seine kleine Rakete hochfuhr und für den Start bereit machte. Ich saugte, ich lutschte, ich züngelte und er verging in seiner Lust.

„Du geile Göre, du geile, junge Göre!", stöhnte er immer wieder.

Dann, als sein Schwanz wie eine „1" stand, griff er meine Haare etwas fester und schleuderte mich zurück. Ich lag nun vor ihm – auf dem

Rücken und erwartete, was er als Nächstes tat. Er stellte sich auf und beobachtete mich. Dabei rieb er grinsend an seinem Teil herum. Ich spreizte meine Beine, zeigte ihm mein rasiertes Freudenloch, öffnete es ihm und begann mich langsam zu fingern.

„Ja, mach mich heiß, Göre!", japste er. Dann setzte er sich mit seinem Po über meine Titten und drehte sich so, dass er meine Fingerei sehen konnte.

An seinem sich öffnenden Poloch konnte ich erkennen, dass er jetzt soweit war, mir ein braunes Geschenk zu machen. Während er langsam drückte, rieb er seinen Penis schneller. Um aber nicht direkt abzuspritzen, hielt er ein, als die braune Masse sich ihren Weg in die Freiheit bahnte. Ich hörte auf mich zu fingern und ließ meine Hände, die Brüste etwas auseinanderhalten, damit die braune Stange sich zwischen ihnen niederlassen konnte.

Und so geschah es dann auch. Ächzend und drückend schaffte er seinen Darminhalt auf meinen Oberkörper. Langsam, dick, fest und lang befreite sich die braune Wurst aus den Gedärmen meines Spenders und ließ sich auf meiner rechten Brust und dem Ort zwischen meinen Tittis nieder. Sie roch streng und ich konnte kleinere Pilz- und Paprikastücke erkennen, die der braunen Masse einen bunten Touch gaben.

Als er seinen Darminhalt rausgepresst hatte, drehte er sich zu mir um und stand wieder auf. Er platzierte sich über meinem Becken, begann seinen Penis erneut in die Hand zu nehmen und betrachtete mich, während er mit sich selbst spielte und dabei glücklich lächelte.

„Verreib es auf deinen geilen Titten, junge Göre! Verreib es und sag mir, wie sehr du meine Kacke auf dir genießt!"

Ich gehorchte.

„Es riecht so geil und turnt mich so sehr an, deine Scheiße auf meinen geilen Titten zu spüren, du edler Spender. Ich genieße jedes Gramm deiner braunen Masse auf mir.", erklärte ich, während ich die Ausscheidung auf meinen beiden Brüsten verrieb und es auch darunter, über meinen Bauchnabel schmierte.

Dabei grinste mein Spender und rubbelte sich sein Genital.

Dann beugte er sich über mich und ließ seine Eichelspitze in mein feuchtes Paradies eindringen. Hierbei näherte er seinen Kopf an meinen, gab mir einen Zungenkuss, stöhnte

mich aufgegeilt an und drückte seinen blanken, unbehaarten Oberkörper auf meine Titten und begann sich zu bewegen. Sowohl vollzog er den Akt, als auch sich selbst auf mir zu reiben, um so seinen Kaviar auf sich zu spüren. Von Stoß zu Stoß drang er tiefer in mich ein. Von Sekunde zu Sekunde wurde er nochmals größer in mir. Jede Bewegung machte mich geiler und ließ mich einem schnellen Höhepunkt, der wiedereinmal gewaltig sein wird, näherkommen. Auch der Mann wird immer erregter. Immer schneller stieß er zu. Immer intensiver wurden unsere Laute. Während er mich wie ein Zuchtkaninchen rammelte, packte ich ihm mit meinen versauten Händen an die Pobacken und griff tief hinein. Den Schmerz, den meine Fingernägel hierbei bei ihm hervorriefen, erregten ihn noch mehr. Stöhnend teilte er mir mit, dass ich ihn fester packen und mit seinen Backen spielen sollte. Ich tat es und genoss hierbei den Geruch seines Kaviar noch mehr, indem ich etwas davon mit einem Finger unter meine Nase rieb. Es war ein herrliches Gefühl, seinen Schiss so sehr wahrzunehmen.
Dann mochte er die Stellung wechseln. Er lag nun unten und ich ritt auf ihm. So konnte er meinen verschmierten Oberkörper sehen und

mir an die Brüste packen, während ich mich schnell auf ihm auf und ab bewegte. Immer mal wieder popelte er dabei etwas von dem grünen und roten Paprika ab und steckte es mir in den Mund. Genüsslich saugte ich es ihm vom Finger und ließ mir dabei auch die braune Masse, die sich daran befand, schmecken. Während er meine Nippel leicht quetschte und an ihnen zog oder sie etwas aufrichtete, um daran zu saugen, kam es mir das erste Mal für diesen Tag. Es war ein wahrer Höhepunkt. Während ich wild und schnell auf meinem Hengst ritt, packte ich mir selbst an die Brüste, drückte sie etwas und führte mir dann vier braune Finger in den Mund ein und leckte sie ab, damit ich nicht vor Geilheit das ganze Hotel, lauthals zusammenbrüllen musste.

Als mein Spender erkannte, dass ich im siebten Himmel schwebte, grinste er zufrieden und begann seinerseits lauter zu hecheln, und damit es ihm noch nicht kam, ließ ich meinen Höhepunkt langsam auf ihm ausklingen und hörte dann auf mich zu bewegen. Ich beugte mich zu ihm vor und wir begannen uns wild zu küssen. Nun war er es, der meinen Po packte und ihn wild knetete und einsaute. Dabei fragte er mich, ob ich nicht pinkeln könnte, was ich bejahte.

> „Dann gibt es mir direkt von der Quelle!", forderte er und ich begab mich mit meinem Unterleib auf seinen Mund, wo ich alsbald meine heiße Quelle öffnete und sein gieriges Verlangen nach meinem Sekt zu stillen begann.

Jeden einzelnen Tropfen meiner Flüssigkeit schluckte er in sich herunter, damit ja nichts daneben lief. Er wollte alles. Er wollte immer alles. Es war ein harter Strahl, der sich da in seinen Rachen ergoss. Fast eine Minute lang sprudelte das warme Nass aus meinem Unterleib, bevor es anfing etwas weniger zu werden. Aber mein Freier hatte noch nicht genug. Er hob seinen Kopf leicht und begann mich zu lecken und auch den letzten, noch so kleinen Tropfen aus mir herauszusaugen, während er weiterhin meine Pobacken angrapschte und mit ihnen spielte. Mal zärtlich streichelnd, mal heftig ranpackend tat er dies, bevor er mir mit einem recht starken Klaps signalisiert, dass ein weiterer Stellungswechsel anstand, und ich mich von ihm erheben sollte. Ich gehorchte.

Ich stieg von ihm herab und ging in die Hündchenstellung, wobei ich mich bemühte, ihm mein Hinterteil so hoch wie möglich entgegenzurecken.

Denn ich wusste, was jetzt kam!

Er nahm sein hartes Rohr, während er mein Poloch sanft mit einer Gleitcreme einrieb, und langsam, erst mit einem und dann mit zwei Fingern, zu dehnen begann. Danach küsste er meine Pobacken und rieb noch etwas Kaviar darauf, bevor er dann in mich eindrang – allerdings nicht um mich anal zu befriedigen, sondern um mir in meinen Po zu pinkeln. Und schon passierte es. Erst langsam - und dann dringt immer mehr seiner gelben Flüssigkeit in meinen Körper ein. Ich spürte, wie sich mein Darm langsam füllte. Ich stöhnte. Er sagte, dass er weiß, wie sehr mir dies gefallen würde, gab mir mit einer Hand abwechselnd einen Klaps auf meine Gesäßhälften und zog leicht an meinen Haaren. Wie sehr ich dies genoss, zeigte ich ihm durch immer lauter werdendes Stöhnen.

Dann zog er seinen Schweif aus meinem Anus, drehte mich herum und nässte nun meinen Oberkörper mit seinem Sekt ein.

Er musste heute besonders viel getrunken haben, bevor er mich getroffen hatte, denn soviel Urin hatte ich von ihm noch nie gespendet bekommen.

Der bereits eingetrocknete Kaviar verflüssigte sich dabei wieder etwas, und während ich mein Poloch zusammenkniff, um ja nichts entweichen zu lassen, begann ich erneut den Kaviar auf meinen Brüsten zu verreiben. Dann versiegte seine Quelle und während ich mit mir und seinem Geschenk spielte, begann er erneut damit sich selbst zu reiben.

> „Es macht mich richtig geil, dich so zu sehen!", sagte er erregt und beugte sich zu mir herunter um sich ein weiteres Mal mit seinem Oberleib an meinem zu reiben und seinen Kaviar auf sich zu verschmieren.

Daraufhin bat er mich, dass ich mich mit meinem Po voran, auf seinen Bauch setzte, und ihm meinen Darminhalt gegen den Kopf drückte.

Gesagt – getan.

Langsam öffnete ich meinen Anus und ließ mein stark unter Druck stehendes Poloch den Selbigen abbauen. Erst kam nur Flüssigkeit – eine Mischung aus seinem Urin und ein paar kleinere Bröckchen Kaviar – dann aber spürte ich, wie es immer mehr und immer härter wurde.

Dann war es soweit, dass auch ich ihm meine nicht ganz so feste, lange, braune Wurst gegen das Kinn und auf seinen Hals drückte. Dabei entwichen mir immer wieder ein paar strenge Fürze, die er merklich erregt mit seiner Nase aufsaugten.

Während ich mein großes Geschäft auf ihm verrichtete, zog er mich etwas näher an sich heran, um mich etwas mit meinem eigenen Kaviar einzuschmieren und den Rest meiner Wurst, direkt von der Quelle, mit seinem Mund, aufnehmen zu können.

Hierbei musste ich auch ein kleines bisschen Pipi machen, was aber niemanden wirklich störte. Ich spürte, wie es sich zwischen meinen Oberschenkeln und seinem Bauch, seinen Weg auf die Decke bahnte.

Dann hatte ich meinen Darm entleert und drehte mich zu meinem Freier um.

Ich grinste.

Er grinste.

Ich beugte mich zu ihm herunter und wir küssten uns. Er packte meine Wurst, welche sich auf seinem Hals befand, teilte sie auf seine beiden Hände auf und klatschte sie auf meine Pobacken. Ich küsste ihn intensiver. Er spielte mit und verrieb alles, was er in Händen hielt. Ich spürte, wie warm es noch war, und genoss den Geruch, der sich ausbreitenden Düfte. Während er dies tat, ließ ich meine feuchte Stelle auf seinen Schweif gleiten und begann erneut ihn zu poppen. Immer schneller bewegte ich mich, damit mein geiler Hengst auch seine Entspanung finden konnte. Er gab mir gelegentlich ein paar Klapse auf den Po, fasste mir an die versauten Brüste und steckte mir ein paar seiner Finger in den Mund, damit ich sie ihm sauber schlecken konnte, woraufhin er erneut an meinen Po griff und sie von Neuem einsaute. Dabei wird sein Stöhnen immer intensiver. Sein Penis war kurz davor zu explodieren und auch ich spürte einen erneuten Vulkan in mir erbeben. Ich wurde schneller, er stöhnte lauter, beschimpfte mich als geilste Göre, die er kannte, und so kamen wir beide fast gleichzeitig und völlig eingesaut in den siebten Himmel der Lüste. Wir genossen den Moment, als wir unsere Höhepunkte zusammen erreichten, bevor wir dann, völlig außer Puste, auf uns niedersackten, immer noch am Stöhnen und Schnaufen waren, bevor wir uns dann leidenschaftlich, gegenseitig auf dem Bett liegend, umarmten und uns am eben erlebten erfreuten ... .

IV.   <u>Spaß an der Nordsee</u>

Nachdem ich das Abitur bestanden hatte, schenkten meine Eltern mir eine Reise an die Nordsee. Glücklicherweise durfte auch meine beste Freundin mitnehmen, denn sie bekam das gleiche Geschenk von ihren Eltern.

Stefanie und ich waren damals gerade 19 Jahre alt geworden und lernten uns auf dieser Reise intimer kennen.

Sie ist etwas größer als ich, wiegt ungefähr 69 Kilo, hat einen schönen, großen Po, eine normale Figur und schwarze, halblange Haare, braune Augen und Körbchengröße 75b.

Was ich bei Antritt der Reise noch nicht wusste, war, dass Steffi und ich dieselben sexuellen Neigungen was die Spielarten Kaviar und Natursekt angeht, besitzen.

Aber wir sollten es bereits am ersten Abend herausfinden.

Als wir im Hotel eingecheckt hatten, lernten wir die ersten anderen Gäste kennen, mit denen wir die nächsten zwei Wochen auf dem Gelände des Ferienresorts zusammen sein werden. Es waren erstaunlich viele Männer und Frauen in unserem Alter dabei, aber ebenso auch ein paar Leutchen, die etwa im Alter unserer Eltern oder gar Großeltern waren.

Nachdem wir unsere Runde beendet hatten, gingen wir uns im Zimmer frisch machen, um fürs Abendessen und den drauffolgenden Spaß fit zu sein. Allerdings hatten wir keinen Anschluss gefunden, sodass wir am ersten Abend alleine an der Bar saßen und ordentlich was weggetrunken hatten. Ich bin ein großer Liebhaber von Cola mit Rum und Steffi genoss „literweise" Cocktails auf Rumbasis.

So kam es natürlich, dass wir Mädels auch zusammen auf Toilette gingen.

Steffi setzte sich zuerst und ich blieb in der Kabine stehen, da es hier nur vier Damentoiletten gab, aber heute Abend über 80 Gäste anwesend waren, sodass Frau froh sein konnte, überhaupt zeitnah aufs stille Örtchen zu kommen, bevor man die örtliche Flora gießen gehen musste.

Sie saß also gerade auf der Toilette und begann ihr kleines Geschäft zu verrichten. Als die ersten Tropfen in die Schüssel liefen, wurde ich sofort feucht. Diese unbekannte und trotzdem so sympathische junge Frau saß vor mir, trug nur, und das meine ich wörtlich, ein weißes Kleidchen, unter dem sowohl ihre Brüste als auch der schmale „Rennstreifen" an ihrem Venushügel zu erkennen waren, und pullerte fröhlich fünf oder sechs Cocktails aus sich heraus.

Am Liebsten hätte ich mir sofort zwischen meine Beine gegriffen und mit meinem Kitzler gespielt. Aber dafür war ich noch zu schüchtern.

Dennoch kam ich nicht umhin zu bemerken, dass Steffi wohl mitbekam, dass es mich erregte, sie so zu sehen. Das erkannte ich an ihrem leicht verschmitzten Lächeln, als sie sich von der Schüssel erhob und mir den Platz freimachte, nachdem sie die Spülung betätigt hatte.

Ich setzte mich, streifte mir das Höschen unter meinem ebenfalls weißen Kleidchen herunter und entleerte mich. Dabei beobachtete ich Steffi, die mich weiterhin verschmitzt anlächelte und mit glasigem Blick erklärte, dass wir diese Chance nun verpasst hätten, was sie sehr, sehr schade fände. Ich wollte wissen, was sie meinte und sie entgegnete mir, dass sie wohl nicht die Einzige in dieser Kabine wäre, die gerne schmutzige Spiele spielen würde. Sofort wurde ich knallrot, was ein Leugnen völlig ausschloss. So gab ich es zu und schaute ihr in die Augen. Steffi meinte, dass wir es doch dann einfach tun sollten! Wir sollten uns ein ruhiges Plätzchen suchen und uns dann hemmungslos gehen lassen.

Ich war erstaunt über ihre Offenheit und Direktheit.

So organisierten wir uns eine Flasche Rum, zwei Flaschen Sekt für Steffi, eine Flasche Cola für mich und dann machten wir uns auf den Weg. Wir suchten nach einem geeigneten, etwas abgelegenen, aber nicht zu abgelegenen, Platz, in der Nähe des Wassers, wo wir unsere versauten Fantasien ausleben und uns danach in der Nordsee direkt wieder reinigen konnten. Allerdings hatten wir beide noch keine Erfahrung damit, wie „kühl" dieses Wasser des Nachts werden kann.

Alsbald fanden wir einen geeigneten Ort. Es war eine kleine Düne, hinter der wir gerade so Platz fanden und vor der eine Gruppe von älteren Leuten, sie waren so Mitte 30, ihrerseits eine lautstarke Party feierten.

Da es noch richtig hell war und unsere Blasen noch auf dem Trockenen lagen, beschränkten wir uns die erste Stunde unseres Hiersein mit dem Trinken des Alkohols, der unter der Sonne eine besonders starke Wirkung erzielte. Dann wurde es langsam dunkel und unsere angeheiterten Seelen verlangten nach etwas mehr Wärme und Nähe, sodass wir anfingen, wild miteinander zu knutschen, während wir uns beide entkleideten.

Wir lagen nun im Sand. Nackt, betrunken und zu allem bereit, was zwei Mädchen ohne Hilfsmittel, allein im Sand miteinander treiben konnten.

Wir begannen damit, dass wir uns aufeinander legten und uns gegenseitig die Kitzler mit einem Finger rieben. Dann wollte Steffi einen Stellungswechsel. Ich drehte mich um, streckte ihr mein feuchtes Paradies entgegen, spreizte ihre Beine und begann sie an ihrer empfindlichen Stelle zu lecken. Ich schob ihre Schamlippchen etwas beiseite und meine Zunge versank in ihr.

Sie hingegen lies erst einen, dann zwei und letztlich drei Finger in meiner feuchten Höhle versinken.

Im Hintergrund hörten wir immer noch die älteren Leute, die auch um diese Zeit noch nicht fertig mit feiern waren. Sie lachten, unterhielten sich und kamen auch mal ganz nah an uns heran, da am oberen Ende der Düne ein kleiner Busch war, den sie zur Toilette umfunktionierten.

Aber zurück zu uns. Steffi war eine gute Liebhaberin. Sie wusste genau, wann sie schneller, wann sie langsamer und wann sie mal ne kurze Pause machen musste, damit es mir nicht schon nach drei, vier Minuten kommen würde.

Auch ich ließ nach einer Weile meine Finger in meine Bekannte hineinwandern. Erst nahm ich nur zwei und dann drei und nachdem sie immer wilder zu keuchen begann, stieg ich von hier herab, sah sie grinsend an und ließ meine ganze Faust in ihr feuchtes Paradies eindringen. Sofort begann sie laut zu stöhnen und mich anzutreiben immer weiter zu machen. Immer tiefer sollte ich in sie vordringen und meine Faust links und rechts herum drehen. Sie konnte ihren Unterleib kaum noch im Zaum halten, so ging sie ab. Sie griff sich an eine Brust und spielte mit ihr. Fest kniff sie sich in ihren Nippel und ließ ihrer Lust freien Lauf. Dann, nach kurzer Zeit, kam es ihr schon. Sie wurde immer lauter und keuchte und stöhnte, was ihre Stimmbänder hergaben. Völlig in unser Spiel versunken, vergaßen wir die älteren Leute. Jedoch – kurz, nachdem Steffi ihren Höhepunkt hatte, hörten wir es über uns rascheln. Erschrocken sahen wir nach oben. Dort war ein Mann, der pinkelte. Er schien uns aber nicht zu bemerken. Ich war so überrascht, dass ich meine Faust in Steffi verweilen ließ, während wir angespannt nach oben sahen.

Dann aber ging der Kerl wieder zurück zu seiner Gruppe und wir waren wieder alleine.

Erleichtert lachten wir uns gegenseitig an. Meine Hand glitt nun langsam aus meiner Freundin heraus und wir küssten uns. Dabei fasste sie mir an meinem Po. Erst zärtlich streichelnd, dann packte sie fest zu und gab mir einige Klapse und führte ihre langen und echten Fingernägel über mein Gesäß, was mir nicht im geringsten die Lust nahm. Im Gegenteil.

„Du bist aber ganz schön laut gewesen. Gut, dass der uns nicht gehört hatte."

„Warum?", fragte Steffi erstaunt wirkend, „Was hast du denn gegen einen guten Schwanz am Strand?"

Erst reagierte ich nicht.

Sie sah mich an.

Dann mussten wir lachen.

„Bist du immer so laut?", fragte ich schmunzelnd.

„Jaaaaaa. Ich bin ein Schreischwein!", äußerte sie wild kichernd und leicht lallend.

„Ich werde dir den Mund schon stopfen, mein Fräulein!", erklärte ich und sah ihr dabei tief in die Augen und sie verstand sofort, worauf ich hinaus wollte.

Ich ließ meinen Unterleib hinauf zu ihrem Gesicht gleiten und ließ mich erst noch ein wenig lecken, bevor ich mich dann zu ihren Füßen hin umdrehte und meine Pobacken weit auseinanderdrückte. Mein Poloch begann sich zu bewegen und ein erster, kleiner Pubs entwich mir, bevor sich das Löchlein öffnete und meine Liebhaberin sich in freudiger Erwartung einer langen, harten und streng riechenden Wurst laben konnte. Um leichter pressen zu können, beugte ich mich leicht nach vorne und schon erblickte das Köpfchen der braunen Stange das Licht der Welt. Ich drehte meinen Kopf zu Steffi um, um erkennen zu können, ob sie es tatsächlich mit dem Mund aufnehmen möchte, und ob ich diesen denn auch treffen würde. Beides war der Fall. Also presste ich meine Wurst mitten in ihren Schmollmund und sie nahm sie freudig auf. Die ganze Höhle füllte ich ihr. Als sie bereits am Überlaufen war, nahm sie ihre Hände zur Hilfe und fing den Rest meiner Ausscheidung damit auf.

Da ich manchmal das Pipi nicht einhalten kann, wenn ich Kaviar produziere, liefen mir nun ein paar kleinere Schwalle heraus und plätscherten auf ihren Bauch, was aber niemanden wirklich störte.

Dann hatte ich mein großes, mein wirklich großes Geschäft verrichtet. Als ich es erblickte und mir kurz darüber Gedanken machte, fiel mir ein, dass ich bereits seit zwei Tagen keine Wurst mehr in die Schüssel gedrückt hatte – was für eine glückliche Fügung.

Jedenfalls galt es nun diesen Kaviarberg sinnvoll zu verarbeiten und sich ordentlich damit einzuschmieren. Wir begannen damit, dass sie den Kaviar ihrer beiden Hände gegen meine Brüste drückte und diesen zu verreiben begann, während ich ihrem Mund etwas von der braunen Masse entnahm, um damit meinerseits ihre Tittis zu verschönern.

So verging ein kurzer Moment, indem wir unsere Oberleibe gegenseitig in ein gesundes, herb duftendes Braun verfärbten, bevor ich mich wieder zu ihr herunterbeugte, wir unsere Milchdrüsen aufeinander pressten und uns begannen Zungenküsse mit Substanz zu geben. Der Klumpen Kaviar in ihrem Mund wanderte zwischen unseren beiden Köpfen hin und her und wurde von Mal zu Mal cremiger und flüssiger. Gekonnt vermieden wir es allerdings, dass sich eine von uns verschluckte.

Nachdem wir etwa drei, vier Minuten miteinander „züngelten" nahm ich den weichen Klumpen aus ihrem Mund und rollte ihn über ihren Oberkörper herunter, dahin wo eben noch meine Faust eine feuchte Höhle fand, und begann damit ihre Schamlippen und ihren Kitzler in einer neuen Farbe einzufärben. Sofort wurde sie wieder laut. Sofort war sie wieder richtig feucht und stöhnte auf. Sie winkelte ihre Beine an, genoss das Spiel mit meinem Kaviar an ihrer nassen Stelle, und während ich sie noch eine Weile verwöhnte, griff sie nach meiner Rumflasche und goss sich etwas davon über ihre Brust. Als ich das sah, gab ich ihr den Kaviarklumpen in die Hand und begann ihr den feinen Alkohol vom Körper zu schlecken.

Natürlich wurde davon auch der etwas trocken gewordene „Wurstbrät" wieder etwas feiner und flüssiger, was dem Kaviar aber eine besondere, eine feinherbe Note gab, die sich wunderbar mit dem Rum verband. Nun war auch ich scharf wie Nachbars Lumpi und forderte sie auf, es mir nun so richtig zu besorgen.

Sie fing an mich auf den Rücken zu drehen und mich, wie ich sie eben, mit dem Kaviarklumpen an den Schamlippen zu reizen. Dabei nahm sie aber nicht nur die braune Masse, sondern auch ihre Zunge und abwechselnd auch ihre Finger zur Hilfe.

Ich wünschte mir nun, dass sie mir das Braune in mein feuchtes Paradies schieben und es ordentlich verschmieren sollte, soweit es ihr möglich war und sie tat es. Sie zerdrückte den kleinen Ball zwischen ihren Händen und führte ihn dann langsam in meine feuchte Stelle ein. Besser als jedes Gleitmittel unterstützte der Kaviar hierbei das Eindringen in mich.

Der Gedanke, dass dieser nun komplett in mir drin ist und sich dort verteilt, ließ mich fast schon auf der Stelle einen Höhepunkt erleben, aber ich wollte noch warten.

So bat ich sie mir nun ein Geschenk zu machen und mich weiter mit den Fingern zu verwöhnen.

Ähnlich, wie ich eben, kam sie meinem Wunsch nach, und drückte mir eine große Menge, wenn auch ziemlich flüssig, ihres Kaviars ins Gesicht, der wegen seiner Konsistenz direkt an meinem Hals herunter auf meine Brüste lief. Als ich genug davon auf mir spürte, nahm ich den Rest mit meinen Händen auf und verteilte es auf ihrem großen Po.

Während sie ihren Darm entleerte, floss auch recht viel Natursekt aus ihr heraus. Dieser hatte einen gesunden, braunen Tatsch, da sie untenherum ja schon schön eingeschmiert wurde. Auch diesen versuchte ich soweit es ging mit dem Mund aufzunehmen und teilweise schluckte ich etwas davon, teilweise spuckte ich ihn ihr aber auch auf den Po und verrieb ihn mit dem Kaviar zusammen, bis sich ihr Hintern und Teile des Rückens komplett dunkel verfärbten und man der Meinung sein konnte, dass das so sein musste.

Je mehr ich mich auf ihrer Rückseite austobte um so mehr näherte ich mich meinem Höhepunkt. Ich stöhnte, ich keuchte, ich bewegte meinen Unterleib und genoss jede

Sekunde dieses geilen Spiels, um einem wahrhaft gigantischen Orgasmus entgegen zu kommen.

Soweit war ich aber noch nicht.

Als sie mir nun ihren Po ganz ins Gesicht drückte und ich direkt von der Quelle naschen durfte, war ich im Paradies angekommen. Immer wieder drückte sie noch etwas mehr aus sich heraus und unter meinem Kinn spürte ich nun einen starken Strahl, der mir gegen den Hals schoss.

Nun übermannte mich meine Lust endgültig. Ich begann zu zappeln, zu schreien und packte sie von hinten an ihren Brüsten, während sie mich nun ihrerseits mit vier Fingern verwöhnte und dabei immer mal wieder versuchte meinen Kitzler mit der Zunge reizen.

Ich spürte es. Es kam mir. Es kam mir, wie schon lange nicht mehr. Es kündigte sich schon wie ein Gewitter an und dann durchfuhren meinen Körper regelrechte Stürme von Blitzen. Wie eine gewaltige Welle überkamen mich drei oder vier Orgasmen gleichzeitig und um nicht den gesamten Strand herzubrüllen, vergrub ich mein Gesicht zwischen ihren Pobacken, wo es immer noch ganz herrlich duftete.

Dann hatte ich es „überstanden". Völlig aus der Puste und mit leichten Schmerzen im Unterleib, die sehr angenehm waren, ließ ich nicht nur meine Anspannung fallen, sondern auch meine Beine in den warmen Sand.

Steffi blieb noch einen Moment in ihrer Position, dann drehte sie sich zu mir um und wir legten uns Brust auf Brust aufeinander, begannen uns zu küssen und mussten beide laut lachen.

Nach einer Weile torkelten wir in die kalte See, säuberten uns und schlenderten zurück in unser Hotelzimmer, wo wir uns dann erneut näher kamen … .

V.   Die Anhalterin

Die folgende Geschichte ereignete sich im August letzten Jahres. Ich war gerade auf einer Landstraße unterwegs, da fiel mir eine recht ansehnliche Frau am Straßenrand auf, die einen Rucksack trug und in meine Richtung lief.

Ich hielt neben ihr an und fragte sie, ob sie nicht gerne ein Stück mitgenommen werden wollte. Immerhin war der nächste Ort noch 20 Kilometer entfernt und es war schon 18 Uhr.

Gerne stieg sie ein und so nahm ich sie ein Stück weit mit.

Als wir uns zu unterhalten begannen, erklärte sie mir, dass sie eine 40-jährige, glücklich geschiedene Frau wäre, die ihre neu gewonnene Freiheit mit einer 4-wöchigen Tour durchs Land feiern möchte.

Sie sah sehr sexy aus. Sie hatte keinerlei Pölsterchen angesetzt, hatte ein freundliches Gesicht und trug, ebenso wie ich, eher mal ein Kleidungsstück zu wenig, als zu viel. Lediglich eine grüne Hotpants und ein weißes, ärmelloses Shirt bekleidete sie oberhalb ihrer weißen Flip Flops. Ihr Name war Rita. Zum Wandern hatte sie auch noch passenderes Schuhwerk dabei, aber das trug sie auf den asphaltierten Straßen nicht so gerne.

Sie erkundigte sich, ob sie in meinem Auto eine rauchen dürfte, und ich erwiderte ihr, dass auch ich es sehr genießen würde, hin und wieder eine zu paffen. So steckten wir uns beide eine an und rauchten genüsslich.

Eine Zeit lang unterhielten wir uns über dieses und jenes und jenes und dieses.

Mir fiel nur auf, dass sie mich erstaunlich häufig und lange anzusehen schien, was mir sehr gefiel. So wusste ich, dass ich bei ihr eine Chance haben könnte. Sie war so attraktiv, wie ich es selten bei einer Frau in ihrem Alter gesehen habe. Rita ist sportlich-schlank und etwa zehn Zentimeter größer als ich.

Während wir auf einen Waldrand zufuhren, fragte sie mich, ob ich dort nicht mal kurz anhalten könnte, wenn es meine Zeit erlaubte.

Ich erklärte ihr, dass ich mich auf dem Rückweg von meiner Oma befinden würde. Ich hätte also alle Zeit der Welt.

Sichtlich erfreut nahm Rita meine Aussage zur Kenntnis und erlaubte es sich, mich zu fragen, ob ich denn mit ihr ein Abendessen auf dem Feld, neben dem Waldrand, zu mir nehmen wollte. Dabei grinste sie erneut verschmitzt und zwinkerte mir zu.

Daraufhin konnte ich das Angebot natürlich nicht ausschlagen und so hielten wir am Rand des Waldes an und begaben uns auf das angesprochene Feld. Ihre Decke breitete sie etwas hinter den ersten Bäumen versetzt aus, damit man uns von der Straße her nicht direkt entdecken konnte.

In der Zeit, in der sie uns eine Dose Ravioli mit einem kleinen Campingbrenner erwärmte, zog ich meine Oberbekleidung aus, unter der ich einen weißen Stringbikini trug, den ich noch vom Sonnenbaden am Pool meiner Oma an mir hatte.

    „Das ist aber ein toller Bikini, Kelly.", sagte sie, als sie mich gemustert hatte.

    „Danke, der iss aus einem Versandhaus."

Ich sah sie eine Zeit lang an, weil ich wissen wollte, wie es nun weitergehen sollte. Sie wirkte etwas verunsichert. Scheinbar wusste sie es selbst noch nicht so genau. Um ihr etwas die Spannung zu nehmen, lächelte ich sie an und begann mich mit ihr über Jungs, schöne Kleider und Frauen mit herrlichen Körpern zu unterhalten. Damit sie etwas offener und sicherer werden konnte, erzählte ich ihr etwas von meinen Erlebnissen der letzten Zeit, sodass sie sich sicherer sein konnte, dass ich dasselbe wollte, wie, so war ich mir hundertprozentig sicher, auch sie. Dann teilte ich ihr noch mit, wie unzufrieden ich mit der Verschlossenheit mancher Frauen war, was sie direkt aufnahm, um mir zu erklären, wie sexy sie meinen Körper finden würde, und dass sie sehr darauf hofft, dass ich ihren Body ebenfalls ansprechend finden würde. Allerdings erklärte sie auch, dass sie sehr spezielle Vorlieben hätte, über die sie halt nicht direkt am Anfang offen sprechen könnte.

Ich blickte verlegen unter mich.

„Was hast du, Kelly?", fragte sie.

Ich überlegte einen Moment, wie ich hierauf nun am geschicktesten reagieren sollte.

„Nun ja, Rita, auch ich habe sehr spezielle Neigungen. Ich bin, falls du die Anspielung verstehst, sehr daran gewöhnt, feinsten Kaviar und frischesten Sekt zu genießen!", ging ich in die Offensive.

Nun überlegte sie einen Moment, was sie dem entgegnen sollte, weshalb ich weiter redete:

„Ich genieße das warme Gefühl auf meinem Körper ebenso, wie den feinen Geschmack!"

Rita grinste.

„Du versautes Stück! Genau das ist es, was ich ebenfalls sehr genieße und mit großer Freude auslebe."

Somit war das Eis gebrochen.

Ich gab ihr einen Kuss. Erst berührte ich ihre Lippen nur leicht. Beim zweiten Mal ging ich schon etwas intensiver zu Werke und der dritte Kuss brachte dann die Zungen ins Spiel. Sie umarmte mich daraufhin, wir standen auf und küssten uns minutenlang auf ihrer Decke. Dabei streichelten wir uns gegenseitig über den Rücken und den Po. Ich genoss jeden Moment, indem mich diese geile Frau in ihren Armen hielt.

„Du bist die versauteste, junge Maus, die ich je sah, Kelly.", hauchte sie mir entgegen.

Ich sah sie an und grinste.

„Du bist mir ja eine!", erwiderte ich lächelnd.

„Zieh dich bitte aus!"

„Hier, wo uns jeder sehen kann?"

„Warum denn nicht!? Oder hast du etwas zu verbergen?"

„Und nochmal: Du bist mir ja eine! Aber tu mir bitte den Gefallen und zieh du mich aus, dann werde ich später das Gleiche tun."
Gerne kam sie meiner Bitte nach. Sie erhob sich und zog mir das Oberteil des Bikinis aus. Dabei beugte sie sich vor und küsste jede meiner Brüste lange und leidenschaftlich. Dann nahm sie ihre Zunge dazu, warf mein Oberteil einfach weg, und packte meine Milchdrüsen und saugte daran. Ich begann zu stöhnen, schloss meine Augen und griff mir an meinen Kitzler. Langsam küsste sie sich erst zu meinem Bauchnabel hinunter, leckte ihn kurz, griff mir dabei an mein Becken und zog mir dann ganz behäbig meinen String aus. Als sie mit ihren Lippen an meinen angekommen war, öffnete ich ihr meine Spalte mit zwei meiner Finger und sie begann mich zu lecken. Erst reizte sie meinen Kitzler, was dazu führte, dass ich noch lauter aufstöhnen musste. Hierbei hielt sie mich an meinen Pobacken fest und kratzte manchmal etwas darüber. Dann öffnete ich ihr meine Scham komplett, sodass sie nun mit ihrer Zunge, ganz in mich eindringen konnte.

Sie leckte mich und während sie dies tat, rieb ich mit einem Finger über mein Lustknöpfchen und stöhnte und hauchte ihr entgegen, dass ich von so einem spontanen Erlebnis schon lange geträumt hätte.

Sie blickte mich freundlich an, öffnete ihren Mund und fragte mich, ob ich ihr denn nicht etwas Sekt spenden könnte. Ich erwiderte ihr, dass ich nicht nur Sekt für sie hätte, wenn sie mehr wollen würde. Begeistert nahm sie mein Angebot an, lehnte sich etwas zurück und zog sich schnell aus. Ich wollte, dass sie sich auf den Rücken legt, damit ich mich auf ihren Oberkörper setzen konnte.

Gesagt – getan.

Ich beugte mich über sich, legte meine Hände auf meine angewinkelten Knie und begann zu drücken. Erst entwischen mir ein paar leise Püpse und dann öffnete sich mein Polöchlein und die Spitze einer fluffigen, dunkelbraunen Wurst erblickte das Licht der Welt. Gleichzeitig begannen erste Tropfen warmen Sektes ihre Quelle zu verlassen.

Während sich der edle Kaviar langsam aus mir heraus bewegte, prasselte der feste Strahl meines gelben Natursektes bereits auf ihre Brüste und lief ihren Bauch herunter zu ihrer blanken Spalte. Die Wurst hielt sich derweil noch an mir fest.

„Das fühlt sich so geil an.", bemerkte sie lächelnd, während ich meinen harten Strahl weiter gegen ihren Oberkörper laufen ließ.

Weiterhin bemerkte sie:

„Ich liebe es, es draußen zu machen!"

„Ich ebenfalls!"

„Jetzt will ich aber auch dein Braunes auf mir spüren!", verlangte sie, „Ich will, dass du mir deinen Kaviar auf den Bauch drückst."

„Ich will dir auf die Brüste kacken!"

„Das ist auch in Ordnung.", sagte sie.

Umgehend fing ich an, eine große, braune Wurst auf ihre Tittis zu drücken. Sie hatte eine schöne mittelbraune Farbe und eine recht weiche Konsistenz, aber ohne ihre Form zu verlieren.

Als nichts mehr aus mir herauskam, drehte ich mich um, und bewunderte meine Arbeit. Ich nahm meine beiden Hände und verteilte meine braune Masse auf ihren Hügeln und ihrem Hals.

„Ich will es schmecken, du geile Sau!", sagte sie lüstern und ich reichte ihr meine braun verschmierten Hände an ihren Mund.

Gierig beugte sie ihren Kopf vor und leckte meine Handflächen ab. Die völlig durchnässte Decke, auf der sie saß, tat ihr übriges, sie total zu erregen. Dies führte dazu, dass sie anfing, sich meinen Kaviar an ihrem Oberkörper zu verreiben und sich mit ihren braun verschmierten Fingern an ihrem Kitzler herumzuspielen. Das wiederum geilte mich so sehr auf, dass ich mich mit meinem Bauch und den Brüsten auf sie legte und wir uns heiße Zungenküsse gaben. Wir schmeckten meinen Kaviar in unseren Mündern und wir genossen es, uns gegenseitig zu verschmieren.

Kurze Zeit darauf waren wir oberhalb unserer Becken total braun und wir leckten uns abwechselnd die Busen und saugten an unseren verschmierten Nippeln. Dann wechselten wir die Positionen. Ich legte mich mit dem Rücken auf die Decke und Rita setzte mich aufrecht auf meinen Bauch. Sie rieb ihre nasse Fotze auf meinem braunen Oberkörper und rutschte dann hinauf zu meinem Gesicht und ließ sich von mir lecken. Sie genoss es sehr meine Zunge an ihren kaviarbedeckten Lippen zu spüren. Ohne Vorbemerkung ließ sie ein paar kleine

Tröpfchen feinsten Sektes in meinen Mund laufen, die ich gierig aufnahm und herunterschluckte. Dann stand sie auf und stellte sich über mich, um mich richtig vollpinkeln zu können. Immer wieder ließ sie ihren Strahl auf mein Gesicht und meine Brüste laufen, wo er dafür sorgte, dass der Kaviar auf meiner Haut wieder etwas weicher wurde, damit ich ihn erneut verreiben und in den Mund stecken konnte. Dies erregte sie so sehr, dass sie noch während des Urinierens anfing, ihre Klitoris zu reizen und laut zu stöhnen begann.

Als ihre Quelle versiegte, war sie schon fast soweit ihren Höhepunkt zu erleben, aber es sollte jetzt noch nicht passieren. Sie setzte sich wieder auf meinen Kopf, mit ihrem Gesicht zu meinen Füßen hin, und beugte sich vor, während ich sie leckte. Nun begann sie damit, meine kleine Pflaume mit einem Finger zu reizen. Sofort schossen mir heftige Blitze und Freudenwellen durch meinen Unterleib. Es dauerte noch keine zwei Minuten und wir hatten unseren ersten Höhepunkt erlebt. Danach drehte sie sich um, und ließ ihr Gesäß auf meinem Bauch Platz nehmen, wo sie es hin und her rieb, um möglichst viel von meinem braunen Gold auf ihrem Po zu haben. Mit ihren Händen rieb sie auf meinen Brüsten herum und ließ mich immer mal wieder von meinem eigenen Kaviar naschen, den ich mir selbstverständlich auch mehr als nur einmal gönnte.

Dann war sie an der Reihe, mir von ihrem „braunen Gold" zu spenden. Sie reckte mir ihren Po entgegen und legte sich mit ihren Brüsten auf meinen Bauch. Dann bat sie mich, ihr einen Finger in ihre Rosette zu schieben, und nachdem ich dies tat, fing sie an zu drücken. Ganz langsam schob sie ihren Darminhalt nach vorne und ich nahm meine Finger jedes Mal aus ihr heraus, wenn ich spürte, dass etwas Braunes an meinem Finger haftete. Ich schob ihn mir in den Mund und saugte ihren Kaviar von ihm ab. Dann führte ich ihn wieder hinein. So ging das eine ganze Weile, bis ich es schließlich in meinem Gesicht haben wollte. Ich nahm meinen Finger aus ihr heraus und erklärte ihr, dass ich jetzt die ganze Ladung haben möchte. Also tat sie, was ich von ihr erwartete. Sie rückte noch näher an mich heran, ihre Möse berührte nun mein Kinn, und dann drückte sie ihre ganze Ladung in mein Gesicht. Ein Teil landete in meinem Mund und ich begann damit, es zu zerkauen und zu schlucken oder aus meinem Mund in meine Hand gleiten zu lassen, um die schmierige Masse auf ihrem Po zu verteilen. Der Rest, der nicht „verarbeitet" wurde, verteilte ich auf meinem Gesicht. Weiterhin kam immer mal wieder ein kleiner Schwall Sekt aus ihrer Möse herausgelaufen, den ich aber ebenso dankbar verwendete, oder auf ihren Po spuckte.

Nachdem sie alles nach draußen gedrückt hatte, drehte sie sich zu mir um, und ich sah sie grinsend an.

> „Hat es der Dame gemundet?", fragte sie.

> „Vielen Dank der Nachfrage. Es schmeckte mir vorzüglich!"

Dann neigte sie ihren Kopf zu mir herunter und wir küssten uns. Ich schmeckte ihren Kaviar sowohl in meinem Mund als auch in ihrem Atem und kam so auf die Idee, etwas von ihrem Po zu nehmen, es zu einem kleinen Klümpchen zu formen und es dann in meinem Mund verschwinden zu lassen. Dann küssten wir uns weiter und das kleine Bällchen wanderte immer hin und her - von mir zu ihr und wieder zurück. Dabei wurde der Kaviar von unserem Speichel immer mehr verflüssigt, bis sich Rita dann an einem abfallenden Stück verschluckte und heftig zu husten begann. Sofort stieg sie von mir herunter und ich klopfte ihr auf den Rücken, damit es besser werden sollte. Sie war wohl kurz vorm Erbrechen, aber dies passierte nicht.

Nachdem die Anhalterin wieder alles im Griff hatte, bat ich sie, dass sie sich ihren Strapon anzieht, den ich in ihrem Rucksack entdeckt hatte, und meine kaviarverschmierte Möse ficken sollte. Gerne kam sie meinem Wunsch nach und ich drückte mein Gesicht in die vollgepinkelte Decke und reckte ihr wollüstig meinen Unterleib entgegen. Alsbald führte sie ihren Strapon in mich ein, packte mich bei den Hüften und rammelte mich ordentlich durch. Immer wieder versuchte ich derweil noch einen Rest Kaviar aus mir herauszudrücken, was mir aber nicht wirklich gelungen war, da ich ihr wirklich schon alles gegeben hatte.

Während sie mich hart von hinten nahm, vergrub ich mein Gesicht so tief es ging in die Decke, um soviel wie möglich, von dem nassen und teilweise auch mit Kaviar bedeckten Stoff, an bzw. in mich aufzunehmen. So schnell wie schon lange nicht mehr, näherte ich mich einem heftigen, zweiten Höhepunkt, den man wohl quer durch den Wald wahrnehmen konnte, als mich meine Gespielin mit Worten wie: „Du bist meine geile Ficksau, du geile Pissschlampe oder Kaviarnutte, zeig mir, wie geil ich dich mache" in einen heftigen Orgasmus trieb. Er wollte gar nicht mehr aufhören in mir zu blitzen und meine Muskelkontraktionen waren kurz davor mir Schmerzen zu bereiten, so heftig waren diese, als ich während meines Höhepunktes, noch etwas vom leckeren Kaviar der älteren Frau in meinem Mund hatte.

Dann ließen ihre Stöße langsam nach, bis sie sich aus mir entfernte und ich mich auf den Rücken drehte und heiße und intensive Zungenküsse, die ebenfalls noch braune Züge hatten, empfing.

Dann sollte auch Rita auf ihre Kosten kommen. Da der meiste Kaviar, der an unseren Körpern haftete, bereits hart war, suchte ich kleinere, noch feuchte Klümpchen auf uns und der Decke, formte sie zu einer Kugel und feuchtete diese mit meinem Speichel an, um die braune Masse dann auf ihrer Möse und ihrem Po zu verteilen.

Mittlerweile waren auch schon etliche Fliegen und Mücken auf unseren Körpern, die sich ebenfalls am Kaviar labten.

Dann legte sie sich auf den Rücken und winkelte ihre Beine an, damit ich sie mit dem Strapon ordentlich befriedigen konnte. Ich drückte meinen Oberkörper gegen ihre Beine und bewegte den künstlichen Freudenspender tief in sie hinein und sie quittierte jeden Stoß mit einem heftigen Stöhnen. Überall an ihrem wohlgeformten Körper konnte ich Kaviarspuren entdeckten, die durch den vielen Sekt leicht glitzerten und einen erregenden Duft verteilten, der uns beiden noch mehr geiles Vergnügen bereitete, als wir ohnehin schon erlebten. Ebenso sorgte der herbe Geruch nach Kaviar und Natursekt dafür, dass auch sie ihren Höhepunkt sehr schnell erreichte.

Es dauerte noch keine drei Minuten und Rita, die sich während dieser Zeit immer wieder Kaviar griff und sich im Gesicht verteilte, war im siebten Himmel angekommen.

Nachdem auch die Anhalterin, unter heftigen Bewegungen und lautem Gestöhne ihren Höhepunkt erlebte, fuhr ich den Strapon aus ihr heraus und legte mich erneut auf sie. Wir küssten uns. Wir blieben in unserem Kaviar liegen, knutschten und kuschelten noch bis es dunkel wurde und ließen immer mal wieder etwas Sekt nachfließen, wenn es wieder mal ging. Gegen 23 Uhr zogen wir uns wieder an und ich nahm sie mit zu mir nach Hause, damit sie sich säubern konnte.

Als wir bei mir angekommen waren, gingen wir duschen und schliefen unmittelbar danach tiefenentspannt in meinem Bett ein, um dann am nächsten Morgen ein neues Spiel zu beginnen, bevor sich unsere Wege dann für immer trennen sollten.

FSC
www.fsc.org
MIX
Papier aus ver-
antwortungsvollen
Quellen
Paper from
responsible sources
FSC® C105338